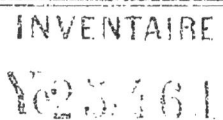

FABLES

ET

PARABOLES

PAR

L'ABBÉ LANGE

ex-Aumônier des Orphelins,

Curé de Pellegrue (Gironde)

SE VEND

au profit de la Restauration de l'Église de Pellegrue

2 francs

BORDEAUX

IMPRIMERIE GÉNÉRALE D'ÉMILE CRUGY

16, rue et hôtel Saint-Siméon, 16

1868

FABLES

ET

PARABOLES

PAR

L'ABBÉ LANGE

ex-Aumônier des Orphelins,

Curé de Pellegrue (Gironde)

BORDEAUX

IMPRIMERIE GÉNÉRALE D'ÉMILE CRUGY

16, rue et hôtel Saint-Siméon, 16

1868

FABLES ET PARABOLES

I. — LE MENSONGE ET LA VÉRITÉ.

Le Mensonge, un beau jour, dit à la Vérité :
    « Pourquoi me déclarer la guerre ? »
La Vérité répond : « De l'Être nécessaire
Je suis l'expression, j'affirme l'unité ;
    Fils de Satan, tu fais tout le contraire !
— J'en conviens, répondit le Mensonge éhonté ;
Sans tant philosopher, je connais l'art de plaire ;
Aussi chacun s'empresse à me faire la cour.
Je sais semer de fleurs les bords d'un précipice.
Surprendre l'innocence, encourager le vice ;
J'apprends comment il faut commettre une injustice,
De la religion ébranler l'édifice ;
Je sais montrer les faits à travers un faux jour.
Ramenant l'âge d'or, du progrès je suis l'âme ;
Comme un libérateur, en ce siècle on m'acclame.
Peux-tu te faire aimer sans fard et sans atour ? »
La Vérité reprit : « Pourquoi ce persiflage ?
    De tes forfaits à quoi sert l'étalage ?
Je suis l'Être incréé ; c'est pour moi que tout vit.
    De l'infini vivante image,
Au ciel, pour les élus, ma gloire resplendit.

En ce monde, de l'homme, au plus fort de l'orage,
Je ranime le cœur et j'éclaire l'esprit.
La puissance du mal est-elle une puissance ?
De l'âme préposée à la garde des sens
Tu peux mettre en défaut parfois la vigilance ;
De son amour pour moi, pour briser la constance,
        Tes efforts sont impuissants !
Retire-toi, maudit ! malgré ton impudence,
Tu seras écrasé sous mes pas triomphants ! »

II. — L'ARAIGNÉE ET LE VER A SOIE.

Par le sort condamnée à subir maint outrage,
        Une araignée un jour se lamentait
De voir, chaque matin, balayer son ouvrage
        Qu'avec tant d'art elle ourdissait.
« O Pallas ! ô ma sœur ! écoute-moi, dit-elle :
Pourquoi mon fil si doux et ma toile si belle
        Ont-ils un si cruel destin ;
Tandis qu'un ver à soie, un vil insecte, enfin,
Se voit partout choyé par la foule ignorante ?
Pourtant son fil grossier peut-il valoir le mien ? »
        Le ver à soie écoutait l'impudente.
« C'est vrai, répondit-il, que vous filez très-bien,
        Mais votre fil ne sert à rien. »

        Pour obtenir une gloire éclatante,
Se rendre utile à tous, c'est l'unique moyen.

III. — LA MARE ET LE RUISSEAU.

La mare, un jour, dit au ruisseau :
« Où cours-tu donc ? — Je vais à la rivière,
   Lui porter ce filet d'eau.
— Pauvre insensé ! ton erreur est grossière.
Et pourquoi t'épuiser ? Enfant, écoute-moi :
Dans notre siècle, il faut d'abord penser à soi. »
   Cette morale est commode,
On dit même aujourd'hui qu'elle est assez de mode.
La mare sur ce point parlait éloquemment ;
   De l'égoïsme vrai symbole,
Elle prêchait d'exemple autant que de parole,
Et conservait ses eaux très-amoureusement.
   Le ruisseau faisait le contraire :
   A la prairie, à la plante, à la fleur,
Par ses eaux il donnait la fraîcheur salutaire.
   Faire du bien, n'est-ce pas le bonheur ?
La fortune sans lui n'est qu'un triste avantage.
Cette mare avait tort, et le ruisseau fut sage.
N'allons pas nous étendre, et revenons au fait.
L'été vint ; le soleil de sa chaleur féconde
A tout ce qui respire octroya le bienfait,
Et darda ses rayons sur cette mare immonde.
Elle, couvant ses eaux, enfanta tout d'abord
Des reptiles sans nombre, au corps noir et jaunâtre ;
Et de son sein fangeux, couvert d'une eau verdâtre,
   Elle exhalait le poison et la mort.

La peste s'ensuivit dans toute la contrée.
   Heureusement un vent souffla du nord,
Et la mare expira dans sa fange exécrée.
   Mais que devint le ruisseau bienfaisant?
Qui vint à son secours dans ce péril pressant?
      Il eut un abri tutélaire
Sous le feuillage épais du chêne au tronc noueux,
   Dont il baignait la souche séculaire.
Le soleil, le voyant, en devint amoureux,
Et les petits oiseaux, sur sa rive ombragée
   . Venaient pour boire à petite gorgée.
Près de son bord chantait le pâtre du hameau.
La rivière à la mer portait son courant d'eau
      Qui, devenu vapeur légère,
Retournait en nuage à la source, sa mère.

Chacun recueillera ce qu'il aura semé :
   Faites du bien, et vous serez aimé.

IV. — LE PLAISIR ET LE REMORDS.

Le Plaisir exprimait cette plainte au Remords :
« De quiconque à mes lois fait vœu d'obéissance,
   Pourquoi viens-tu troubler la conscience
      Et mettre l'homme en désaccord,
         Lui-même avec lui-même?
      Ne suis-je pas le bien suprême? »
Le Remords répondit : « C'est par trop te vanter;

Je dis, pour ne pas te flatter,
Que de tous les fléaux qui règnent dans ce monde
        Tu fus la source féconde.
Quant à moi, je reproche à chacun son méfait.
        Ma mission est un bienfait ;
        Je sers de base à la morale.
Le bien que je procure, en est-il qui l'égale
Quand je fais d'un coupable un pénitent parfait ?
Si quelqu'un à ma voix oppose résistance,
        En ce monde, comme aux enfers,
        Je torture sa conscience.
Je suis le plus cruel tourment de l'univers ;
Ce qui prouve que l'homme est né pour l'innocence,
Et non pour vivre au gré de ses instincts pervers. »

V. — LE LUXE ET LE DIX-NEUVIÈME SIÈCLE.

Au Dix-Neuvième Siècle, un jour, le Luxe dit :
        « Je ne veux pas te faire mon éloge ;
Mais ton front, grâce à moi, de gloire resplendit.
Aux anciens préjugés, enfin, chacun déroge ;
        De l'industrie accélérant l'essor,
Du bien-être sur tous j'épanche l'abondance,
        Et je ramène l'âge d'or. »
Notre Siècle est bonhomme ; il commit l'imprudence
De croire aux beaux discours de ce vil imposteur.
        Hélas ! ce fut pour son malheur :
        Depuis tout est en décadence.

VI. — LA RAISON ET L'EUCHARISTIE.

La Raison à l'Eucharistie
Disait : « Pourquoi t'offrir à l'adoration ?
Sais-tu que cette ambition
Conduit l'homme à l'idolâtrie ?
— Tais-toi, lui répondit le mystère d'amour ;
Pour lui communiquer ma divine substance,
D'un pain matériel sous la frêle apparence,
A l'homme ici je cache ma présence ;
De ma grâce en son sein je verse l'abondance,
Et dans son pauvre cœur je fixe mon séjour.
Près de moi descendus des voûtes éternelles,
Les chérubins couverts de leurs brûlantes ailes
S'empressent de former ma cour.
Tout chrétien doit venir m'adorer à son tour.
Par la foi je confonds la science orgueilleuse !
La route que tu suis est souvent ténébreuse,
Et te montre, aux lueurs de lugubres éclairs,
Des abîmes béants sous tes pas entr'ouverts.
Abdique ton orgueil, et crois à ma parole :
Pour sonder les secrets de ce vaste univers,
Ta peine est vaine et ta gloire frivole. »

VII. — LE COQ ET LA POULE.

Faisant au loin retentir son clairon,
Un jeune coq au beau plumage,

Plus qu'il n'eût fallu fanfaron,
Voulut, un jour, prouver qu'il avait du courage.
Près d'un bœuf il s'élance et s'y tient hardiment,
Avance et puis recule, et suit le mouvement
Du colosse attentif à tondre l'herbe tendre,
Bien plus qu'à remarquer le geste menaçant
   De ce nouvel Alexandre.
« Que fais-tu là, lui dit une poule en passant ;
Tu montres ta sottise et non pas ta vaillance. »
Voilà souvent à quoi nous conduit la jactance.

VIII. — LA PAROLE ET L'ÉCRITURE.

La Parole disait, un jour, à l'Écriture :
« Reposant dans le sein de la divinité,
  Je fus, je suis de toute éternité.
De ma réalité tu n'es que la figure. »
L'Écriture reprit : « Tu ne peux en ceci
Revendiquer sur moi qu'un bien mince avantage :
Du verbe intérieur si tu produis l'image,
Pour la postérité je la produis aussi.
— Prétends-tu m'égaler, riposta la Parole ?
   En vérité, tu deviens folle.
Pense donc que je suis l'âme de l'univers ;
Je police les mœurs, je chasse l'ignorance ;
A l'esprit trop obtus j'ouvre l'intelligence ;
Je fais trembler le vice et sauve l'innocence ;
C'est moi qui, présidant dans les conflits divers,

Vers le juste et le vrai fais pencher la balance. »
L'Écriture ajouta : « Tout ceci, c'est fort bien ;
Je suis loin de vouloir obscurcir ton mérite ;
    Mais entre ton rôle et le mien
    La différence est si petite,
Qu'à la gloire mon droit peut égaler le tien.
Sans faire autant que toi retentir la trompette,
    Je n'en produis pas moins d'effets.
A la pensée intime en servant d'interprète,
D'un bout du monde à l'autre, est-ce toi qui pourrais
De l'un à l'autre ami porter tout d'une traite
    La conversation secrète ?
Qui ne sait que je suis utile au genre humain ?
La justice toujours sut estimer mon zèle.
    Du monde entier l'histoire universelle
N'a-t-elle pas été transcrite de ma main ?
Vois donc comme on accourt s'instruire à mon école ?
N'ai-je pas consigné dans le Livre divin
De la règle des mœurs un immortel symbole,
A l'homme qui l'oublie en rappelant sa fin ? »
La Parole, à ces mots, dit, en baissant la tête :
« Je me rends ; je l'avoue en toute humilité,
    Mon ignorance était complète
    Sous le rapport de ton utilité.
L'homme, par la pensée, est un roi sur la terre,
    Créé pour l'immortalité ;
Mais il ne doit user de notre ministère
    Que pour offrir l'hymne de la prière
A celui qui reflète en lui sa majesté ! »

IX. — LE POINT ET LA VIRGULE.

Le point disait à la virgule :
« Oses-tu bien te comparer à moi ?
— Je suis, dit la virgule, utile autant que toi.
— Cette prétention est au moins ridicule,
Lui répliqua le point ; peux-tu, sans mon secours,
De la phrase arrêter ou suspendre le cours ?
— Voilà, dit la virgule, où conduit l'ignorance !
A la phrase, il est vrai, comme un coupe-jarret,
En lui sautant au cou, l'arrêtant court et net,
　Tu fais sentir le joug de ta puissance ;
Mais, voisin, quand la phrase en sons harmonieux
De son urne au flot pur épanche l'abondance,
Est-ce toi qui soutiens et règles sa cadence,
Et lui fais éviter tous les sauts périlleux ?
Pour empêcher aux mots de se prendre aux cheveux,
Est-ce toi qui maintiens et fixe l'ordre entre eux ?
— Je fais plus, dit le point, et je fais beaucoup mieux ;
D'un noble sentiment faut-il peindre l'extase,
J'arbore l'étendard de l'admiration !
　Faut-il donner un tour vif à la phrase,
Je me transforme en point d'interrogation ?
L'auteur ne peut-il plus, dans l'ardeur qui l'enflamme,
Exprimer par des sons ce qu'il sent dans son âme,
　Je sonne le tocsin de l'exclamation !!! »
La virgule, à ce coup, confessa sa défaite ;
La dispute cessa, la paix entre eux fut faite.

Puissent ainsi finir tous les autres débats
Qu'ont entre eux les potentats !
Que sa place au soleil soit grande ou bien petite,
Ceci prouve, au surplus, que tout être ici-bas
Est entiché de son mérite.

X. — LE MALHEUR.

Le Malheur faisait à chacun,
Un jour, ses offres de service ;
Encor qu'il s'acquittât fort bien de son office,
Chacun le trouvait importun.
« Je donne à tous, disait-il, la sagesse. »
En même temps qu'il pérorait,
Bien loin de croire à sa promesse,
Chacun au plus tôt s'esquivait.
Mais le drôle avait la main forte :
Voyant qu'on lui riait au nez,
Que les hommes au mal paraissaient obstinés,
Il fit si bien, s'y prit de telle sorte,
Que nul ne put se soustraire à ses lois ;
L'univers devint son royaume ;
Il s'installa partout, dans les palais des rois,
Tout aussi bien que sous les toits de chaume.
Depuis lors il devint un grand prédicateur ;
Chacun, avec respect, écouta sa parole,
Et l'on comprit que c'est à son école
Que l'homme peut apprendre à devenir meilleur.

XI. — LA GRENOUILLE ET LE SOLEIL.

Sur son char tout en feu, de sa chaleur féconde,
Depuis quatre mille ans, le soleil, dans le monde,
A tout ce qui respire octroyait le bienfait.
L'épi sur le sillon, grâce à lui, jaunissait,
Et sous son pampre vert le raisin mûrissait.
L'oiseau, sous la feuillée, en son honneur chantait.
Dans son marais infect, une grenouille immonde
Contre l'astre du jour cependant s'insurgeait,
Par ses coassements nuit et jour l'insultait.
Elle était, à son dire, elle seule avisée,
Et la foule, au sujet du soleil abusée,
L'avait cru jusqu'alors un astre bienfaisant.
   « Il n'en est rien, criait notre pécore ;
      Malgré son disque éblouissant,
      Cet astre est un feu qui dévore ;
      Ce n'est qu'un simple météore. »
Heureusement ses cris se perdirent dans l'air,
      Et firent rire Jupiter.
      Elle aurait mieux fait de se taire.
Bref, elle eut beau crier, à peine on l'écouta.
Fécondant l'univers, l'inondant de lumière,
Phébus, sans s'émouvoir, poursuivit sa carrière ;
L'étang fut mis à sec, la grenouille creva.

XII. — LE PAPILLON ET LE GRILLON.

Déployant son aile soyeuse
Où brillaient l'or et le saphir,
Un papillon suivait sa course aventureuse,
Caressant chaque fleur au gré de son désir.
Caché dans sa grotte profonde,
Un modeste grillon méditait à loisir
Sur les périls dont cette vie abonde ;
On eût dit, à le voir, un moine en oraison,
Avec son habit noir et sa figure austère.
Du seuil de sa cellule, il vit le papillon
Poursuivant dans son vol un bonheur éphémère.
« Où court, dit-il, cet insensé ?
Parmi ces faux brillants il a beau se complaire,
La mort le suit à pas pressés. »
L'événement suivit de près la prophétie ;
Le pauvre papillon, hélas ! perdit la vie
Sous l'effort imprudent d'un essaim d'écoliers,
Attirés, éblouis par l'éclat de son aile,
Qui, voulant le saisir, le mirent en quartiers.
« Voilà, reprit l'ermite, à quelle mort cruelle
Nous expose souvent la sotte vanité.
A briller un instant quand sa voix nous appelle.
Pour vivre heureux, restons dans notre obscurité. »

XIII. — LA PRIÈRE ET L'INDIFFÉRENCE.

La Prière ouvrait son aile
Pour s'envoler vers l'Éternel ;
L'Indifférence, au sens matériel,
La vit : « Où vas-tu ? lui dit-elle.
— Je vais porter à Dieu
Le tribut que lui doit son humble créature.
— C'est fort bien ; mais on dit, et je le crois un peu,
Que ton emploi n'est qu'une sinécure.
Ce siècle n'est pas fort sur la dévotion ;
Il laisse volontiers, soit aux saints, soit aux anges,
Le soin de célébrer les divines louanges ;
Mais il n'accepte plus ton intervention
Pour le succès de mainte et mainte affaire.
— C'est un malheur, répondit la Prière ;
Quand vient la tribulation,
Malgré tous ses efforts, l'homme que peut-il faire ?
On a tort de vouloir m'exiler de la terre ;
Du Ciel je suis la messagère,
Et j'apporte aux mortels la consolation. »

XIV. — LE TEMPS ET L'ÉTERNITÉ.

Le Temps hâtait le cours des heures ;
L'Éternité passe et lui dit :
« Comment fais-tu pour déguiser tes leurres

Et pour maintenir ton crédit
Chez tous les habitants des terrestres demeures ?
— Princesse, dit le Temps, de votre majesté,
Autant que je le puis, j'emprunte la figure ;
Je donne un successeur au jour que je rature ;
A l'année écoulée, avec dextérité,
J'en substitue une autre, et, par cette imposture,
Je feins l'immutabilité. »

L'homme descend le fleuve de la vie
Sans en voir la rapidité ;
Au lieu de mettre un terme à sa folie,
Il prend plaisir à cueillir quelques fleurs ;
Et quand la journée est finie,
Il verse d'inutiles pleurs !

XV. — LE PÉNITENT DU PAPE.

Un noble et dévot gentilhomme,
En pompeux équipage, un jour, s'en vint à Rome
Pour confesser certain péché
Au Très-Saint-Père...
Le pape l'accueillit, et même fut touché
De son aveu sincère.
La difficulté commença
Au sujet de la pénitence
Qu'il fallait imposer pour telle et telle offense.
Le pénitent d'abord la refusa.

Il la trouvait un peu sévère :
« Considérez, dit-il, Saint-Père,
Qu'un homme de ma qualité
Ne peut guère être ainsi traité.
Les longues oraisons me fatiguent bien vite,
Et j'y suis toujours fort distrait ;
Pour le jeûne j'ai peu d'attrait,
Ma santé veut que je l'évite ;
Et, si du médecin j'écoute le conseil,
Je ne pourrai non plus me priver de sommeil ;
Je ne puis supporter ni cilice, ni haire ;
L'aumône, je la fais, mais quand je puis, Saint-Père. »
Le pape réfléchit, cherche un expédient
Qui convienne à son pénitent.
« Mon fils, pour toute pénitence,
Mettez à votre doigt cet anneau de saphir,
Où brille en lettres d'or cette simple sentence :
SOUVIENS-TOI QU'IL FAUT MOURIR !
Une fois chaque jour, promettez de la lire,
Et Dieu sera content de votre repentir. »
Le pénitent bien joyeux se retire ;
Mais l'adage mystérieux
A son esprit se présente sans cesse,
Et sur le faux brillant de la richesse
Et sur l'erreur de la mollesse,
A son insu, lui dessille les yeux.
« Il faut mourir ! se dit-il en lui-même :
Pourquoi tant ici bas embellir mon séjour ?
Il faut mourir ! c'est un arrêt suprême :

2

Pourquoi flatter ce corps qui doit périr un jour? »
La pénitence, alors, même la plus austère,
Lui parut facile et légère ;
Et l'anneau d'or, produisant son effet,
D'un pénitent douteux fit un chrétien parfait.

XVI. — LA FOI ET LA DÉVOTION.

A Jésus-Christ voulant faire sa cour,
La Dévotion en prière
Se plaignait à la Foi qu'une libre carrière
Ne pût être donnée à ses transports d'amour.
« Hélas ! je ne puis, disait-elle,
Contempler de mes yeux le divin Rédempteur :
Il est assis dans sa gloire éternelle,
Et, pour aller lui parler cœur à cœur,
Aucun des chérubins ne me prête son aile.
— Il est vrai, répondit la reine de Sion,
Que les pieds de Jésus ne foulent plus la terre,
Mais il est à l'autel prisonnier volontaire,
Victime d'expiation,
Et tu peux lui parler dans l'humble sanctuaire ! »

XVII. — LE LION, LE CROCODILE ET LE VOYAGEUR.

Par le roi des forêts en quête d'une proie,
Un voyageur fut rencontré.
Cette rencontre était-elle à son gré?

J'en doute. Une féroce joie
En sourds rugissements s'exhalait des poumons
   De l'animal à la dent meurtrière.
L'homme fuit ; le lion, agitant sa crinière,
Le poursuit à travers une touffe de joncs
   Semés au bord d'une rivière.
Dans un autre péril notre homme s'en vint choir :
Un crocodile énorme, ouvrant sa large gueule
   Pour le broyer comme un grain sous la meule,
A ses yeux effarés se laisse apercevoir...
D'autre part, le lion était à sa poursuite.
   Où fuir ? De peur notre homme à demi mort
     Crut descendre au sombre bord.
     Mais qu'arrive-t-il ensuite ? .
Que les deux prétendants se livrent un combat
     Dont voici le résultat :
     L'un et l'autre y perdit la vie,
Et tous deux chez Pluton s'en vont de compagnie.
   Le voyageur au Ciel offrit des vœux,
     En signe de reconnaissance.

     C'est ainsi que la Providence
     Sauve quelquefois l'innocence,
En laissant les méchants se dévorer entre eux.

XVIII. — LE FRÈRE GILLE.

L'occasion ne rend pas l'homme pire,
   Mais elle montre ce qu'il est.

On pourrait, sur ce point, s'étendre et beaucoup dire ;
Je me borne à citer un fait
Qui met ce point en évidence.

Non loin de cette plaine où le Nil orgueilleux
Épanche de ses eaux la fertile abondance,
On vit jadis des moines très-nombreux,
Sous la règle et l'obéissance,
Retracer sur la terre une image des cieux.
Bienheureux temps, hommes heureux !
Or, l'un d'entre eux, le frère Gille,
S'examinant un jour sur le saint Évangile,
Constatait qu'en raison de sa mauvaise humeur,
Il échangeait souvent des paroles fâcheuses ;
Que, de là, survenaient des scènes orageuses
Où lui-même jouait le rôle d'agresseur.
Il réfléchit longtemps, puis se dit à lui-même :
« Il faut enfin me convertir,
Et prouver par des faits mon amer repentir.
Usons donc pour cela d'un autre stratagème.
Dans le fond du désert si j'allais me loger,
Je serais de la sorte à l'abri du danger. »

Si chacun a son goût, c'est une erreur extrême
Que de vouloir trop s'y fier.
La solitude plaît, on ne peut le nier ;
Elle aide l'homme à se sanctifier.
Néanmoins, puisqu'il faut tout dire,
La solitude a ses dangers ;

Elle a ses attraits mensongers ;
Quelquefois l'homme y devient pire.

Ce fut au désert de Scété
Que Gille fixa sa demeure ;
C'était au plus fort de l'été.
Il voulait y rester jusqu'à sa dernière heure ;
Il en fut autrement. Abrégeons sur ce point.
Autour de son logis, l'onde qui désaltère
    Étant tarie, il fallut aller loin :
Le voilà tout couvert de sueur, de poussière ,
    Dans un chemin raboteux, malaisé ,
Et, de plus, à l'ardeur du soleil exposé.
Il regrettait, dit-on, le toit du monastère
    Où jamais l'eau ne lui manquait ,
Sans compter qu'il avait tout le reste à souhait,
Le secours de l'exemple et mainte autre assistance.
    En lui-même il considérait
    Combien grande était la distance
    Que, chaque jour, il lui faudrait
Parcourir pour trouver cette source lointaine.
Il soupire, il se plaint. Hélas! sa plainte est vaine
    Au désert où Dieu seul entend.
Enfin, n'en pouvant plus et marchant d'un pas lent,
    Il regagne son pauvre gîte.
C'était là le prélude et non pas la limite
    De plusieurs autres grands revers
    Qui, sans changer l'ordre de l'univers,
Devaient faire changer les projets de l'ermite.

Une table boiteuse était l'appui fatal
    Où, sur un plan jadis horizontal,
Sa confiante main avait posé la jarre,
    Quand la stupeur de son esprit s'empare :
La table, en gémissant sous le poids du fardeau,
S'affaisse, roule et tombe avec la jarre d'eau.

    Si Gille avait l'humeur chagrine
Quand il lui survenait un triste événement,
    Ce qu'il put faire en ce moment,
    Sans effort chacun le devine.
    Il prit enfin le bon parti :
Ce fut de retourner bien vite au monastère,
    Pour l'avenir se tenant averti
    Qu'il faut choisir non la paix, mais la guerre,
La guerre avec soi-même, en tout temps, en tout lieu,
Où le chrétien combat sous le regard de Dieu !

XIX. — LE JOUR ET LA NUIT.

    Le Jour disait à la Nuit sombre :
« Je suis loin d'approuver ton zèle officieux,
    Lorsque tu viens obscurcir de ton ombre
    L'éclat de mon front radieux.
    A quoi dans ce monde es-tu bonne?
Si tu n'existais pas, tout irait beaucoup mieux.
— Frère, répond la Nuit, ton langage m'étonne ;
Quand je montre aux mortels la majesté des cieux,
Quand le ciel étoilé me tresse une couronne,
Crois-tu que je ne puisse en gloire t'égaler?

A l'heure où je règne en silence,
Dieu parle à l'homme ; et l'homme à Dieu veut-il parler,
    Il me choisit de préférence.
Quand il voit la tempête au loin s'amonceler,
Grâce à moi, le pilote au ciel fixe l'étoile
Ou le phare qui peut conduire au port sa voile.
Mon ombre, en tempérant les ardeurs du soleil,
    Apporte à la terre épuisée
    Une bienfaisante rosée,
Et lègue au travailleur un paisible sommeil.
Ta robe de satin que te tisse l'aurore
Et ton manteau du soir que la pourpre décore,
    Par mon déclin, par mon retour,
Par mon reflet, sais-tu, c'est moi qui te procure
    Cette opulente et brillante parure:
Tout cela n'est-ce rien ? — C'est beaucoup, dit le Jour ;
    A ton sujet j'étais dans l'ignorance,
Mais en toi maintenant je reconnais ma sœur ;
    Car, comme moi, du Créateur
Tu redis les bienfaits et la magnificence. »

XX. — LA TREILLE.

Ornant de ses festons les dehors d'une chambre,
Une treille étalait au soleil de septembre,
Sous des pampres jaloux, des raisins couleur d'or ;
    A tout venant elle offrait son trésor :
        Sur ce, chacun lui faisait fête ;
On louait de son fruit la beauté, la saveur

Et la maturité parfaite.
Notre treille acceptait volontiers la faveur
A tout autre arbre à fruit de se voir préférée ;
Mais, hélas ; son bonheur fut de courte durée.
Elle changea de ton quand l'hiver fut venu.

    Ainsi de nous, vains mortels qu'on encense :
    Quand la mort vient, un roi s'en va tout nu.
Pourquoi sur un roseau placer notre espérance ?
    Dieu seul possède la puissance
De sans cesse donner, sans jamais s'appauvrir ;
Pour nous enrichir tous, sa main n'a qu'à s'ouvrir.

XXI. — LA RELIGION ET LA PRUDENCE HUMAINE.

De la Religion la figure sanglante
A la Prudence humaine en ce siècle apparut.
Celle-ci, la voyant, recula d'épouvante,
Et lui dit : « Sur la croix ton fondateur mourut.
    Pour ne pas heurter l'exigence
    De la civilisation,
    Il faut user d'un peu de tolérance.
— Je ne puis, répondit la reine de Sion ;
    Quand même un ange, ouvrant son aile agile,
De la voûte des cieux descendu jusqu'à nous,
Viendrait pour m'apporter un nouvel Évangile
Modifiant celui de Jésus, mon époux,
Qui posa sur mon front ce sanglant diadème,
A l'ange je dirais mille fois anathème. »

XXII. — LA MOUCHE.

Depuis quatre mille ans, les mondes, dans l'espace,
Gravitaient sans encombre et sans déraillement ;
Une mouche disait : « Mais rien n'est à sa place ;
Le soleil paresseux marche trop lentement.
    A quoi songe la Providence,
    Avec si peu de prévoyance ?
A moi, je le vois bien, incombe ce souci. »
La pécore aussitôt va, vient, fait l'empressée,
    Vole, bourdonne, et cherche en sa pensée
Comment elle pourra réformer tout ceci.
Puis elle alla se prendre au fil d'une araignée
    Avant la fin de la journée.

XXIII. — LE MISSIONNAIRE.

    A bord d'un navire en partance
Se trouvaient réunis des passagers nombreux ;
    Ce n'était pas, selon toute apparence,
    Pour acquérir le royaume des cieux
Qu'ils voulaient de la mer affronter la furie.
Cependant, animé par un tout autre esprit,
L'un d'entre eux délaissait pour toujours l'Ibérie
Pour aller conquérir des cœurs à Jésus-Christ.
    C'était un saint missionnaire.
Ces hommes vont partout pour répandre ce feu

Qu'on appelle l'amour de Dieu.
La soif de l'or ne les tourmente guère.
Celui-ci n'avait pris nulle provision,
Encor qu'il s'embarquât pour le Céleste-Empire.
« Père, lui dit l'intendant du navire,
Pour donner du crédit à votre mission,
Vous devriez, ce me semble, avoir plus de prudence,
Et ne pas étaler une telle indigence. ,
Vous n'avez avec vous pas même un serviteur !
Et que pourront penser les peuples de l'Asie?
Quelle idée auront-ils d'un tel prédicateur?
Par la pompe et l'éclat l'âme est bien mieux saisie
Que par le sombre aspect de l'humble pauvreté !
Quoi! vous iriez vous-même, agitant l'onde pure,
De vos habits fangeux enlever la souillure?
Votre repas serait par vos mains apprêté?
Pourquoi mener une vie aussi dure? »
L'apôtre, à ce discours, répondit simplement
Que, pour prêcher Jésus et son saint Évangile,
Le luxe lui semblait au moins fort inutile ;
Qu'on pouvait sur ce point se tromper aisément,
Et contredire ainsi la sagesse infinie;
Que, pour suivre son Maître, il vivrait pauvrement
Et ne changerait rien à son genre de vie. »
Il le fit, et sa pauvreté
Ne mit aucun obstacle au succès de son zèle.
Xavier était son nom. Comme un parfait modèle
D'un apôtre du Christ cet apôtre est cité !

XXIV. — LE SERIN ET L'ORPHÉONISTE.

Un serin, dans sa cage, aux échos d'un salon
    Disait, redisait sa chanson.
    Son maître, artiste fort habile,
Sur un piano d'Érard qui parlait sous ses doigts,
Par des flots d'harmonie accompagnant sa voix,
Exprimait, par des sons, combien l'art est utile.
    De la leçon le serin profitait,
Saisissant de son mieux chaque note au passage.
    Émerveillé de son ramage,
Un jeune orphéoniste, un jour, s'extasiait :
« Pour en savoir si long, comment donc a-t-il fait ?
— Il a fait comme vous, lui répondit l'artiste ;
Il écoute et répète, et parfois assez bien ;
    Mais, au fond, il ne sait rien. »

    Retenez bien ce mot d'un moraliste :
Si vous voulez de l'art atteindre la hauteur,
Il faut porter le poids d'un pénible labeur.

XXV. — L'ESPACE ET LA RAISON.

    La Raison disait à l'Espace :
« Je me perds dans le sein de ton immensité.
Océan sans rivage, où tout vit, tout s'entasse,
N'es-tu qu'une ombre, ou bien une réalité ?

Ton trône est parsemé de mondes et d'étoiles ;
    Que ne puis-je percer les voiles
    Qui me cachent ta majesté ! »
L'Espace répondit à notre curieuse :
    « Comme ma sœur l'Éternité,
    De l'infini j'exprime l'unité ;
Ce qu'on voit, ce qu'on touche, en son cours limité,
De l'être véritable est une ombre trompeuse. »
A ces mots, la Raison resta silencieuse ;
De l'essence divine à sonder la hauteur,
Elle comprit combien serait vain son labeur !

XXVI. — LA FOI, L'INTELLIGENCE ET LA VOLONTÉ.

    De l'homme, un jour, la Volonté
    Dit à sa sœur l'Intelligence :
« Pourquoi, prenant un air d'autorité,
Exiges-tu de moi toujours l'obéissance ?
Ne puis-je pas enfin commander à mon tour ?
— Aveugle, pourrais-tu te conduire un seul jour ?
Heurtant, à chaque pas, à quelque erreur grossière,
Sans moi, tu roulerais dans l'abîme profond ;
    Autour de toi, quand jaillit la lumière,
    C'est grâce à l'éclat de mon front.
    Le monde entier est mon royaume,
    Et, dans mon vol audacieux,
    Quand je m'élève jusqu'aux cieux,
L'univers dans ma main pèse à peine un atôme.

— C'est fort bien ; mais souvent, sous un prisme trompeur,
Pour une vérité tu prends une ombre vaine ;
    Au mal rivant ma lourde chaîne,
  Tu me conduis au sentier de l'erreur.
— Mais pourquoi de tes sens écouter la réclame ?
Tes désirs déréglés, obscurcissant ma flamme,
De la clarté du jour me voilent la splendeur. »
La Foi, passant, leur dit : « A quoi sert cette lutte ?
Du trône de sa gloire, un jour, l'ange tomba
Sur l'homme bien moins fort, l'entraînant dans sa chute.
    Sur vous deux ce heurt imprima
    Plus d'une profonde blessure.
De l'erreur si tu veux éviter le parcours,
O noble Intelligence, il te faut mon secours ;
La lumière est souvent pour toi la nuit obscure.
Frêle comme un roseau par le vent agité,
Que peux-tu sans la grâce, ô faible Volonté ?
Suis ta sœur ; toutes deux, avec persévérance,
De votre Créateur implorez l'assistance. »

XXVII. — LE CHRIST ET LA MORT.

Pour le salut de tous Jésus-Christ expirait ;
    Vieille aveugle qu'elle était,
La Mort vint le saisir comme une ville proie ;
Mais elle n'en eut pas alors toute la joie.
Le soleil devint pâle, en voyant son forfait ;
    Sur tous ceux que la tombe enserre,

Celle qui jouissait d'un pouvoir absolu,
    L'inexorable mégère,
Du coup vit s'effondrer son trône vermoulu :
Si bien que, depuis lors, des morts l'humble poussière
Dont le germe de vie à nos yeux est voilé,
Comme on voit resplendir un beau ciel étoilé,
Un jour, au firmament, répandra la lumière.

XXVIII. — LE ZÈLE APOSTOLIQUE ET L'ACTION DE GRACES.

Le Zèle apostolique est un feu dévorant,
Sans cesse en action pour le salut de l'âme ;
L'obstacle est impuissant à ralentir sa flamme ;
Il coule à flots pressés comme un vaste torrent.
    L'Action de grâce en prières
    Par lui fut rencontrée un jour.
« Pourquoi, ma sœur, dit-il, quand Jésus, notre amour,
    Est en butte en tant de manières
    Aux coups de l'incrédulité
    Et de l'indifférence,
Rester dans un repos voisin de l'indolence ?
    — Ce reproche est-il mérité ?
    Lui répond l'Action de grâce.
Vois Jésus sur la croix, quand il étend ses bras,
    Avec amour quand il embrasse
Le gibet qui le pose au rang des scélérats :
Du haut de cette croix il ébranle le monde,
Attirant tout à lui ; sa grâce nous inonde ;

Du monde à sa justice il paya la rançon ;
　　Le repentir, de sa mort est un don.
　　Dans tes travaux sans cesse il te seconde ;
Et sans son sang versé, frère, dis-moi, crois-tu
　　　Que ta parole fût féconde ?
Pour convertir les cœurs, où serait ta vertu ?
A son Père en courroux offrant son innocence,
Pour le pauvre pécheur il est toujours au plaid ;
　　Ne faut-il pas, pour un si grand bienfait,
Lui payer le tribut de la reconnaissance ?
Laisse-moi contempler un tel excès d'amour.
　　　Toi-même, un jour, pour récompense,
Auras-tu d'autre emploi dans l'immortel séjour ? »

XXIX. — L'IMMORTALITÉ.

D'où vient l'homme ? Où va-t-il ? Si tout meurt à son tour,
A l'immortalité doit-il prétendre un jour ?
Et l'espoir du chrétien exilé sur la terre,
　La céleste patrie est-elle une chimère ?
Est-il vrai que la mort doive tout engloutir ?
Que l'homme du tombeau ne doive plus sortir ?
Pareille question peut sembler importune
Au mortel affamé des biens de la fortune
Qui voudrait, peu touché du bonheur éternel,
Prendre pour lui la terre et renoncer au ciel ;
Mais le juste éprouvé, ferme dans la souffrance,
Dans un monde meilleur attend sa délivrance !

Pour l'immortalité Dieu nous créa d'abord.
Le péché dans le monde introduisit la mort.
Alors, pour en briser le sceptre redoutable,
L'Homme-Dieu revêtit la forme du coupable ;
Il mourut sur la croix, et son sang répandu
Racheta de la mort le genre humain perdu.
A quoi bon, dites-vous, le rachat du Calvaire ?
L'inflexible trépas en est-il moins sévère ?
Dans la tombe, il est vrai, sommeilleront nos corps
Jusqu'au jour où l'archange éveillera les morts.
Ce jour-là, revêtus de leur forme première
Et sortis du tombeau rayonnants de lumière,
Suivant que leur mérite aura plus de grandeur,
Du céleste séjour ils verront la splendeur.

Vers la félicité nous soupirons sans cesse ;
Tout ce qui nous séduit, honneur, plaisir, richesse,
Sur la terre d'exil, à notre pauvre cœur
Ne donnèrent jamais la paix et le bonheur.
Seigneur, qui nous créas, pourquoi dans la nature
Ce long gémissement de toute créature ?
Tout nous dit ta bonté ; le ciel, tu l'as promis,
Le ciel est la patrie où nous serons admis.
Toi-même sur nos fronts poseras la couronne ;
Nous bénirons ton nom, ton amour qui pardonne.
Soutiens notre faiblesse au milieu des combats !
Que, pour t'aimer au ciel, nous t'aimions ici-bas !
Pourquoi donc de la mort craindre la faux cruelle ?
C'est pour aller à Dieu que sa voix nous appelle.

Toi qui romps les liens de la mortalité,
Toi qui finis l'exil, salut, Éternité !
Quand l'horloge du temps dira la dernière heure,
Dans ton immensité, nous verrons la demeure
Du Dieu qui nous aima d'un éternel amour !
Pourquoi craindre, ô mortel, d'arriver à ce jour ?
Quoi ! pour des biens trompeurs dont ton âme est ravie,
A genoux, à la mort, tu demandes la vie ?
L'Homme-Dieu s'immola pour racheter ton cœur ;
Que tu lui coûtas cher, enfant de sa douleur !
Pour toi, sa créature, il se fit anathème ;
Pour toi, pour te sauver, il se livra lui-même !
Mille morts sur la croix il eût voulu souffrir ;
Et pour aller à lui, tu craindrais de mourir !
Vois, pour t'encourager au dernier sacrifice,
Lui-même de la mort a bu l'amer calice.

Souffrir est le bonheur, et mourir est un gain !
Le temps est aujourd'hui, l'éternité demain !
Pourquoi donc ici-bas, où tout fuit, où tout passe,
Tant vouloir s'agrandir, tant occuper d'espace ?
Pourquoi tous ces palais où nous passons un jour ?
Sur la terre est la tente, au ciel le vrai séjour !
Qu'importe que la vie ici nous soit amère !
Pauvreté, saint trésor, sous ta garde sévère,
Le cœur est à l'abri des plaisirs séducteurs ;
La douleur, la vertu furent toujours deux sœurs !

Quoi ! tu voulus, Seigneur, nous voilant ta puissance,

De ton être avec nous consommer l'alliance ;
Nous vivrons de ta vie, accueillis dans ton sein ;
Et l'homme à tant d'amour répond par le dédain !
Pour lui, jouir est tout ; durant sa vie entière,
Il consume sa force à scruter la matière ;
Et quels que soient les biens dont ta main l'ait pourvu,
O mon Dieu, sans la mort il t'aurait méconnu !

XXX. — LE BŒUF ET LA MOUCHE.

L'hiver sur la campagne étendait son manteau ;
La neige, les frimats, les vents et la tempête
Aux chênes dépouillés faisaient courber la tête.
La terre apparaissait comme un vaste tombeau.
   A demi morte et morfondue,
Une mouche criait : « Au secours, je me meurs ! »
   Le bœuf lui dit : « Pourquoi tant de clameurs ?
Qui pourrait sur ton sort sentir son âme émue ?
De ta vie inutile en parcourant le cours,
On voit que de forfaits tu la souillas toujours.
A la saison des fleurs, quand Phébus sur la terre
Octroyait aux sillons la chaleur salutaire,
Infâme, je t'ai vue, avide de mon sang,
De ton dard acéré venir percer mon flanc.
La justice du Ciel tôt ou tard se déclare ;
Ton ombre criminelle, étonnant l'Achéron,
N'aura d'autre séjour que le sombre Tartare.
Puisse ta mort servir aux méchants de leçon ! »

XXXI. — LA VILLE ET LA CAMPAGNE.

La Ville dit à la Campagne :
« Tu ne seras bientôt plus qu'un désert;
On te quitte, et pour cause ; entre nous, à quoi sert
De t'abuser? La tristesse accompagne
Les pas de tous tes habitants ;
Tu seras veuve avant longtemps.
Quant à moi, chaque jour ma richesse s'augmente,
Mon enceinte élargie a peine à contenir
Ceux qui viennent chercher le lucre et le plaisir.
Je suis reine, mais toi, tu n'es qu'une servante. »
La Campagne en ces mots confondit l'impudente :
« Sans moi, tu ne pourrais même vivre un seul jour;
Les biens dont tu jouis c'est moi qui te les donne ;
Ton luxe éblouissant n'éblouit plus personne.
Si quelques imprudents vont te faire la cour,
Frustrés dans leur espoir, maudissant leur envie,
Découronnés, flétris, ils pleurent la patrie !
Je fais des vœux pour leur retour. »

XXXII. — LA FOI, LA SAINTETÉ ET LA TENTATION.

La Sainteté se plaignait à la Foi
Que la Tentation lui déclarait la guerre
Et l'exposait souvent à transgresser la loi.
La Foi répond : « La lutte est nécessaire ;

Le ciel est fait pour ceux qui l'auront mérité.

   Crois-tu pouvoir y parvenir sans peine ?

Quand il se revêtit de la nature humaine,

Lui-même, l'Homme-Dieu voulut être tenté.

— Je ne suis que néant, reprit la Sainteté ;

De la Tentation, je ne puis par moi-même

Repousser tous les traits ; ma faiblesse est extrême.

Et mon cœur par la crainte est sans cesse agité. »

   La Foi lui dit : « C'est dans l'infirmité

Que la vertu s'épure et se perfectionne ;

      La crainte de déplaire à Dieu

Est un riche trésor que son amour nous donne,

Qui du céleste amour alimente le feu.

De la Tentation bien souvent la présence

      Du zèle excite la ferveur ;

   Contre l'amour de sa propre excellence,

    Elle offre à l'homme un abri protecteur,

Le force à réclamer la divine assistance.

A la Tentation chaque fois que ton cœur,

S'offrant en sacrifice, oppose résistance,

Tu rends à Jésus-Christ un immortel honneur ;

Tu prouves ton amour. Dieu, pour ta récompense,

Te prépare une place au séjour des élus,

Et pose à ta couronne une perle de plus. »

La Sainteté reprit : « Ta parole m'éclaire

    Et de ma peine allége le fardeau.

Oh ! prête-moi toujours, sur la terre étrangère,

Prête-moi le secours de ton divin flambeau ! »

XXXIII. — LES LAPINS ET LE SOLITAIRE.

Dans un castel antique et creusé dans le roc,
   Que la nature avait construit *ad hoc,*
De lapins fortunés une famille entière
Se trouvait à l'abri de la dent meurtrière
De certains ennemis qui rôdaient à l'entour.
Près de leur citadelle, un solitaire, un jour,
Avait bâti son toit ; s'étant mis en prière,
    Il vit tous nos lapins joyeux,
Protégés par leur fort, jouant sur la bruyère.
« Dans ce désert, dit-il, je puis trouver comme eux
   Un rempart sûr, un abri tutélaire
Contre des ennemis encor plus dangereux. »

XXXIV. — LE LOUP ET LE CHIEN.

C'est à tort que le cœur diffère du langage.
   Un loup que la faim pourchassait,
  Vit un troupeau dans un frais pâturage :
« O fortune, dit-il, tu me sers à souhait !
    Au destin rendons grâce,
Et choisissons pour nous la brebis la plus grasse. »
Il comptait sans son hôte. Un énorme mâtin,
Le cou bardé de fer et la gueule enflammée,
Exhalant de ses flancs la colère allumée,
A ses desseins pervers accourt pour mettre un frein.

Ce loup n'était pas un novice.
Ayant fouillé dans son sac à malice,
    Il dit : « Par amour du prochain,
Je venais délivrer cette gent imbécile
    Du joug de ses oppresseurs. »
Le chien lui répondit : « Ta ruse est fort habile,
Mais de mauvais aloi ; va la porter ailleurs. »

XXXV. — LE ROCHER ET L'ORAGE.

Sur les flancs escarpés d'une haute montagne,
Un Rocher s'élevait soucieux et rêveur.
    Son front, au loin, dans la campagne,
D'une ombre bienfaisante octroyait la faveur.
« Que fais-tu là, planté ? » lui dit un jour l'Orage.
« Je mets, dit le Rocher, un obstacle à ta rage ;
Quand ta voix menaçante éclate dans les airs,
De sa base au sommet, mon dos durci par l'àge
Sans crainte attire à lui ta foudre et tes éclairs.
Tu déverses sur moi l'excès de ta furie ;
    L'homme en est quitte pour la peur ;
Tu fais grâce au brin d'herbe, à la plante, à la fleur ;
Éperdu, dans mon sein l'oiseau se réfugie.
De Jéhova tous deux nous remplissons la loi.
On dit qu'au Golgotha, s'offrant en sacrifice,
Jésus-Christ de son Père apaisa la justice ;
Je me fendis alors de douleur et d'émoi ;
Et l'homme, à qui sa mort rendit le Ciel propice,
    Y pense-t-il ? Pas plus qu'à moi. »

XXXVI. — LE ROSSIGNOL ET L'ANE.

Blâmer ce qu'on ignore est, je crois, fort peu sage.
Près des fossés d'un antique château,
Maître baudet errait en personnage ;
L'hirondelle effleurait la surface de l'eau ;
Le rossignol, caché dans le feuillage,
Par les plus harmonieux sons
Faisait redire aux échos des vallons
La bonté de celui dont nous sommes l'image.
Notre baudet en était tout jaloux.
« En vérité, dit-il, les hommes sont bien fous
Au chant de cet oiseau d'accorder leur hommage ;
Et pourquoi tant prêter l'oreille à son ramage ?
Est-ce parce qu'il chante et le jour et la nuit ?
Tandis que moi... suffit... » Et puis, sans dire gare,
Il entonne aussitôt sa plus belle fanfare.
A ce vacarme affreux, tout se tait, tout s'enfuit.
Content de son succès et de son savoir-faire,
Notre âne à pleins poumons continuait à braire,
Quand martin-bâton le fit taire.

XXXVII. — LA TERRE ET L'OCÉAN.

L'Océan débordé dit un jour à la Terre :
« Le temps de ton règne est passé.
Sortis du lit que Dieu de son doigt a tracé,

Mes flots, frémissant de colère,
Vont t'engloutir dans l'abîme écumeux.
Vois, déjà tu n'es plus qu'un vaste cimetière.
Que sont-ils devenus tes palais somptueux?
La race humaine tout entière,
Citée au jugement pour ses forfaits nombreux,
Tremblante au pied du juge, écoute sa sentence.
Tes monts, tes pics audacieux,
N'ont pu braver l'effort de ma puissance;
Je vais m'élever jusqu'aux cieux! »
La Terre répondit : « Ton impie insolence
Ne peut durer, et Dieu confondra ton orgueil;
Me crois-tu pour toujours descendue au cercueil?
Dieu me punit, c'est vrai, mais c'est parce qu'il m'aime.
Mon front plus pur, laissant ton froid linceul,
Sera ceint de nouveau d'un brillant diadème.
Sur tes flots jaloux, vois flotter
Cette arche aux larges flancs, qui porte tout un monde;
Contre la fureur de ton onde,
Son pilote a su l'abriter.
Le signe de la paix, au ciel je l'ai vu luire;
Dans leurs sombres cachots, derechef verrouillés,
Tes flots, du pouvoir de me nuire
Seront pour toujours dépouillés. »
La Terre avait dit vrai; car, depuis cette époque,
Devant elle humblement fléchissant les genoux,
Les flots de l'Océan que la tempête évoque
Déposent à ses pieds leur impuissant courroux.

XXXVIII. — LE DÉVOUEMENT ET L'ÉGOISME.

L'Égoïsme, un beau jour, disait au Dévoûment :
« Pour le bonheur d'autrui, tu consumes ta vie ;
A quoi bon ? Dans ce siècle, on raisonne autrement ;
Ta conduite est jugée une insigne folie ;
Tes bienfaits, quels qu'ils soient, fussent-ils incessants,
Pourront-ils rencontrer des cœurs reconnaissants ? »
Le Dévoûment répond : « De la reconnaissance
A Dieu seul il convient d'aller offrir l'encens ;
Nous avons tout reçu de sa munificence.
Dieu s'aime, il trouve en lui sa fin et son bonheur.
L'homme ne peut s'aimer, ni se plaire en lui-même ;
        Il y rencontre une indigence extrême,
            Un vide affreux qui lui fait peur.
        Veut-il goûter le bonheur sur la terre ?
Il faut qu'il aime Dieu, qu'il aime aussi son frère,
Et du dépouillement qu'il brigue la faveur. »
L'Égoïsme reprit : « Rien ne vaut la richesse ;
Avec elle on peut tout, sans elle on ne peut rien ;
Elle peut d'un larron faire un homme de bien ;
Du cœur et des esprits elle est reine et maîtresse. »
Le Dévoûment lui dit : « Entre deux scélérats,
Ému pour ses bourreaux d'une pitié profonde,
Quand le Christ expirait pour le salut du monde,
Quand, pour nous accueillir, il étendait ses bras
Sur la croix, dans son sang il fonda ma puissance.
Mon principe est divin, divine est mon essence.

S'offrir en sacrifice est la félicité.
Ne vivre que pour soi , c'est l'extrême folie ;
Du monde entier, c'est briser l'harmonie ,
Saper les fondements de la société. »

XXXIX. — L'ANE ET LES AILES DU MOULIN.

Sur le sentier qui mène à la machine
Où le grain passe à l'état de farine,
Fixant un jour les ailes du moulin,
Sans s'atteindre jamais, se poursuivant sans cesse,
L'âne disait : « Voilà qui confond ma sagesse ;
A comprendre ceci je me fatigue en vain.
Eh bien! après tout, que m'importe?
Mon maître avait sans doute une bonne raison
Pour attacher ces ailes de la sorte,
Et je dois l'écouter, que je comprenne ou non. »

Quand notre esprit trouve un mystère ,
A l'exemple de ce grison ,
Au lieu de discuter, sachons aussi nous taire.

XL. — LE PERROQUET ET LE ROSSIGNOL.

Un perroquet échappé de sa cage,
En voletant et culbutant,
Arrive enfin dans un riant bocage.

Il se pose, il écoute ; ô merveille ! il entend
  La plus suave mélodie ;
Le chantre du printemps, de ses frêles poumons,
  Tirait alors les plus doux sons,
  Suivant les lois qu'impose l'harmonie.
« Mon frère, lui dit-il, dans ce lieu retiré
Pourquoi laisser ainsi ton talent ignoré ?
  Ce n'est que dans la grande ville
Qu'on peut apprécier cet art si difficile.
Suis-moi ; tous les honneurs, qui d'ailleurs te sont dus,
  Immédiatement vont pleuvoir sur ta tête. »
Le rossignol répond : « Mon humeur est peu faite
A me voir entouré d'hommages assidus ;
Je n'ai pas, comme toi, beau babil, beau plumage.
  Je ne t'en dis pas davantage ;
Je préfère mes champs à la plus belle cage. »

XLI. — LE MICROSCOPE.

J'ai lu, dans un auteur en plus d'un lieu cité,
  Qu'un célèbre missionnaire
Avait usé ses ans, sa force et sa santé
A prêcher les humains : il avait fort à faire.
  Bref, il rendit son âme à Dieu,
En passant par un bourg de la Transylvanie.
  Or, le bourguemestre du lieu
  Ordonne qu'on inventorie
  Les hardes dudit trépassé.

Mais un objet surtout, par le défunt laissé,
Attira les regards de la foule ébahie.
C'était un instrument inconnu jusqu'alors ;
Sa forme, sa couleur à la sorcellerie
      Semblaient avoir quelques rapports :
Machine ingénieuse, et cachant un mystère
Dans un étui de bois orné d'un double verre.

Le premier qui vient voir recule de vingt pas,
Et, se signant trois fois, en même temps s'écrie :
      « *Ab renuntio, Satanas!*... »
Chacun d'y regarder eut la soudaine envie,
Mais nul ne fut tenté d'y regarder deux fois.
On voyait là-dedans un animal horrible,
      En grosseur dépassant, je crois,
Tous les monstres connus de ce monde visible ;
Son corps semblait d'airain, et sur son front noirci
Deux cornes s'agitaient, cherchant une victime.
Les sages de l'endroit déclarent qu'en ceci
Il faudrait soupçonner quelque rapport intime
      Avec messire Belzébuth.

Un jeune étudiant qui sentait la logique
      Leur dit : « Messieurs, le cas s'explique.
Le sujet n'est jamais hors de son attribut.
      Enfin, pour mieux saisir la chose,
      Considérez qu'ici la bête enclose
      Est mille fois plus grosse que l'étui.
Or, sans aller plus loin, on démontre aujourd'hui

Qu'un contenant toujours — c'est même un axiôme —
     Est plus grand que son contenu :
Donc, l'animal n'est qu'un esprit, — fantôme
     D'un corps apparent revêtu... »
La foule, à ce discours qu'elle admet véritable,
Se disperse en disant : « Nous avons là le Diable ! ! »

Le juge condamna notre défunt sorcier,
     Sans plus de forme en procédure,
A la privation de toute sépulture,
Et remit cet arrêt dûment en main d'huissier.
Le curé fut mandé pour faire l'exorcisme.
Le scandale atteignit son dernier paroxisme.
     La foule en vint à ces malins propos :
          Que le mort et tous ses confrères,
          Jésuites et missionnaires,
          Du Démon étaient les suppôts.

Pendant ce tintamarre, un savant philosophe,
     Venu d'un pays limitrophe,
Apparut au milieu de ce peuple en émoi.
Chacun lui dit le fait qui causait tant d'effroi...
Mais, à ces mots de diable et de sorcellerie,
L'étranger témoigna quelque incrédulité.
La foule alors le presse, et même le supplie
     De venir voir la vérité.
A peine sur les lieux, notre savant s'écrie
     Sur un ton de causticité :
     « Eh ! messieurs, c'est un microscope !... »

Il eût dit : habapatacope,
C'eût été non moins clair pour nos gens hébétés.
Donc, pour dévoiler le mystère,
Et pour calmer leurs esprits agités,
Il ôte de l'étui la lentille et le verre :
Il en sort un joli sexipède vivant
Qu'on nomme, je crois, cerf-volant.
Ce petit capitaine apparut sur la table,
Non plus sous la forme d'un diable,
Mais bien comme un héros fier de sa liberté.
Et la peur fit soudain place à l'hilarité.

Le bon père eut alors sépulture à l'église.
A sa mémoire on voulut rendre honneur.
Chacun reconnut son erreur.
Quelques-uns cependant en parlaient à leur guise ;
Dans leurs récits défigurant les faits,
Racontaient la sentence, en omettant le reste.
On voit des hommes ainsi faits,
Tant soit peu médisants sous un dehors modeste.
Mais, quant au microscope, on s'en sert bien souvent
Pour condamner les actes de ses frères :
Le verre nous grossit considérablement
Jusqu'aux fautes les plus légères.

―――――――――――――――――

XLII. — LA RAISON ET LA FOI.

Par l'encens des mortels la Raison enivrée
Sur un ton de révolte osa dire à la Foi :

« On ne croit plus à ta durée ;
Pourquoi veux-tu m'astreindre à marcher sous ta loi?
   Ne suis-je pas reine aussi bien que toi?
— Sur ton front, il est vrai, brille le diadème,
Lui répondit la Foi ; cependant par toi-même
Tu ne peux te conduire, il te faut mon secours.
Tu ne sais d'où tu viens ; le fleuve de la vie,
En connais-tu la source, en connais-tu le cours?
De ce vaste univers connais-tu l'harmonie?
Le temps, l'éternité, la substance, l'esprit,
L'atome, le néant, pour toi tout est mystère. »
La Foi parlait très-bien, qu'importe? elle eut beau faire,
Sur un ton plus osé, la Raison repartit :
« De tes dogmes obscurs à quoi sert le dédale?
Notre siècle éclairé n'admet plus ta morale. »
Sur ce, la Foi se tut, et le monde pervers
Ne marche qu'à tâtons et va tout de travers.

XLIII. — LA BELLE JULIE.

Unique et faible espoir d'une antique famille,
D'un illustre seigneur Julie était la fille ;
Ses charmes contrastaient avec sa pauvreté :
Aussi, de courtisans une foule nombreuse,
D'hommages assidus entourant sa beauté,
   Pour l'épouser se montrait dédaigneuse.
   Après cela, croyez à la sincérité
   De ces serments d'amour et de tendresse !

Amour, tu crois à la fidélité :
    On te préfère la richesse.

Le bruit de ses attraits parvint jusqu'à la cour.
Le fils du roi lui-même, épris d'un bel amour,
Quitte un jour son palais pour visiter Julie :
    De l'amour telle est la folie !...
Le prince, en la voyant, loin d'être rebuté
    De ses haillons, de sa détresse,
Lui promet aussitôt, dans son ardente ivresse,
Avec sa main, son cœur, son or, sa royauté.
Julie à ce discours répondit par des larmes,
    Larmes de joie et de bonheur.
Entrevoyant un terme à ses longues alarmes,
Elle jure à l'instant amour à son seigneur.

        Julie était fort belle ;
Mais pourtant un défaut déparait sa beauté :
On la voyait souvent absente de chez elle ;
On parlait quelquefois de sa légèreté.
Le prince, sur ce point, sans excuser Julie,
        Lui dit avec bonté :
« Je suis venu deux fois, et vous étiez sortie ;
    Désormais donc, tenez-vous avertie ;
    Si je vous trouve à mon prochain retour,
        A vos promesses je veux croire,
Vous serez mon épouse, et vous verrez la gloire
        Dont resplendit ma cour.
Cette épreuve sera de votre amour sincère

Un indice certain.
J'ai tout réglé d'avance avec le roi mon père...
Mon retour aura lieu, quand? peut-être demain. »
Et Julie avec joie accepte son destin.

Le premier jour elle reste chez elle,
Et le second elle est encor fidèle.
Mais le troisième elle sort un instant.
Son père, avec tristesse,
Lui dit : « Au nom du ciel, gardez votre promesse,
Car votre bonheur en dépend. »
Julie alors reconnaît sa faiblesse,
Et renouvelle son serment
De veiller à toute heure,
Et, quelques jours après, quitte encor sa demeure.
Son père en vain l'exhorte : elle sort malgré lui.
Une première chute entraîne une autre chute.
« Il ne viendra pas aujourd'hui,
Dit-elle, et les voisins, d'un geste, à la minute,
M'avertiront : du reste, ils le verront venir. »

A peine elle est sortie... une nuée épaisse
Soudain vers l'horizon s'élève et puis s'abaisse...
Bientôt on la voit s'éclaircir :
Du prince c'était l'équipage ;
Et par fatalité, non pas par trahison,
Des signaux convenus on ne fit point usage :
Les voisins avaient vu Julie à la maison
Quelques moments plus tôt ; ils la croyaient chez elle.

Compter sur ses voisins, quelle témérité
Quand il s'agit, grand Dieu, de sa félicité !
Le prince est arrivé ; mais Julie? On l'appelle :
     Julie !... elle ne répond pas.
On s'empresse, on la cherche ; où la trouver, hélas !
Julie arrive enfin !... « O fille infortunée !
Il est trop tard : le prince est reparti,
Lui dit son père en pleurs. Cruelle destinée !... »
A ce mot, il chancelle et tombe anéanti.
     Julie aussi se désespère ;
     Son malheur était sans retour :
     La douleur, la douleur amère,
     Fut son partage dès ce jour.

Cette histoire est la nôtre, et Julie est l'image
De nôtre âme achetée au prix du sang d'un Dieu.
Jésus de son amour nous a donné le gage ;
De nous donner à lui nous avons fait le vœu.
Un jour il doit venir nous chercher sur la terre
     Pour nous conduire au ciel.
Lui-même nous l'a dit : *Vigilance et prière ;*
La mort nous surprendra... l'oracle est éternel !

XLIV. — LE CANARD.

Le canard barboteur, contre vent et marée,
Sous une pluie à flots, dans un ruisseau fangeux
Des débris échappés aux repas somptueux,

Pour que rien ne se perde, accourt à la curée,
Et, dans l'étang voisin plongeant son corps boueux,
Redonne le brillant au miroir de ses ailes.
Telle est ta destinée, ô palmipède heureux !
Mais du péché la fange aux âmes immortelles
    Ne peut offrir aucun suc nourricier,
        Et pour les purifier
    Le bain n'est pas aussi près d'elles.
Pour les laver il faut tout le sang précieux
Du Christ mort sur la croix, et des pleurs dans nos yeux.

XLV. — LE DÉSERT ET LE MÉRITE.

Le Désert, un beau jour, rencontra le Mérite
Qui, tout chagrin, lui dit : « L'injustice m'irrite,
    Et j'ai besoin de consolation. »
Le Désert répondit : « C'est une illusion
De vouloir ici-bas trouver sa récompense ;
Le héros que la mort moissonne au champ d'honneur,
    Que reçoit-il pour prix de sa vaillance?
Tu vis caché ; l'intrigue étale en sa splendeur
Les vertus dont elle a seulement l'apparence.
Dieu seul est juste et lit au fond du cœur.
Toi-même étant connu, tu pourrais ne pas plaire ;
Et le monde impuissant, par l'oubli volontaire,
    Peut te payer, faute de mieux.
Veux-tu que je te donne un avis salutaire?
N'aspire désormais qu'au royaume des cieux.

Combien en ai-je vu dans mon immense empire,
Émus aux accords de ma lyre,
Ignorant les mortels autant qu'ignorés d'eux,
Dont seul l'astre du jour a connu l'existence ! »
Le Mérite, à ces mots, comprit son ignorance.
Il fut dès lors convenu
Que le Mérite, abdiquant la jactance,
Ne devait aspirer qu'à rester inconnu.

XLVI. — LE BON LARRON.

C'était le jour où l'ingrate Solyme
Dans l'Homme-Dieu mourant contemplait sa victime ;
Jésus-Christ expirait au milieu des clameurs
Des prêtres et du peuple insultant sa puissance.
« Tu disais donc, dans ta folle jactance :
Je détruirai le temple, — et voilà que tu meurs.
Toi qui sauvais autrui, sauve-toi donc toi-même ;
Descends de ce gibet, et nous croirons en toi. »
Ainsi Jésus mourait, courbé sous l'anathême ;
Ses apôtres épars chancelaient dans la foi.
Au sommet du Calvaire, on voyait apparaître
A des poteaux en croix deux larrons suspendus.
Par leur vie ils s'étaient rendus
Peu dignes de mourir si près du divin Maître ;
Ceux que nous condamnons, Dieu les juge autrement.
L'un de ces deux larrons disait à son complice :
« Tais-toi ; nous souffrons justement ;

Mais quand tu vois ton Dieu partager ton supplice,
Cesse de blasphémer. » Affermi dans la foi,
Ce larron, de Jésus implorait la clémence :
« Lorsque vous entrerez dans votre gloire immense,
Seigneur, lui disait-il, souvenez-vous de moi ! »

Le plus grand sacrifice est celui de la vie ;
Se soumettre à la mort, c'est se soumettre à Dieu ;
De notre triste exil cette terre est le lieu ;
Ne pas vouloir mourir est une apostasie.

Jésus dit au larron : « Je vais mourir pour toi ;
Aujourd'hui dans le ciel tu seras avec moi. »

Le Paradis, dans le siècle où nous sommes,
N'est pas une faveur dont on soit bien jaloux ;
Le bien-être, ici-bas, occupe tous les hommes.
Quand chacun vit pour soi, Jésus-Christ meurt pour tous.

XLVII. — UN MOINE AU LIT DE LA MORT.

Ne condamne jamais, ne juge pas ton frère.
    Dans un antique monastère,
    Un religieux peu fervent
    Touchait à son heure dernière ;
    Les autres moines du couvent,
Autour de lui recueillis en prière,
    L'encourageaient à bien mourir.

Le pas est difficile, il faut en convenir.
Pourtant ce moribond était plein d'assurance ;
On eût dit que pour lui le ciel allait s'ouvrir,
　　Tant sur son front rayonnait l'espérance !
Sur quoi, le père abbé, lui faisant un sermon,
Dit : « Mon fils, redoutez la ruse du Démon ;
Ne vous abusez point par trop de confiance ;
Sondez tous les replis de votre conscience. »
Il en eût dit plus long: mais la mort était là ;
　　　Et puis l'agonisant parla
　　De l'apparition d'un ange à forme humaine ;
Cet ange exprès du ciel était venu le voir
De la part du Seigneur, pour lui faire savoir
Que sa béatitude était chose certaine,
Et cela pour le fait de sa fidélité
A garder constamment la loi de charité
Qui répète au chrétien, tant qu'il vit sur la terre :
Pour n'être pas jugé, ne juge pas ton frère.

XLVIII. — LA LOI DE DIEU ET LA LOI DE L'HONNÊTE HOMME.

De notre cœur la plaie est bien profonde.
　　Un jour, l'Évangile à la main,
　La Loi de Dieu s'en allait par le monde,
Du devoir à chacun indiquant le chemin.
Les riches la trouvaient pour eux un peu sévère ;
　　Les pauvres, moins récalcitrants,
Eussent porté son joug sans l'exemple des grands.

Elle eut beau dire, elle eut beau faire,
On la pria d'ailler prêcher ailleurs.
La Loi de l'honnête homme obtint tous les honneurs.
Celle-ci, comme on croit, était bien plus commode;
Aussi devint-elle à la mode.
Mais, depuis que la foi ne règle plus nos mœurs,
Les hommes en sont-ils plus heureux ou meilleurs?

XLIX. — ZACHÉE.

Dans la conversion, comme en mainte autre affaire,
Les fruits seront toujours préférables aux fleurs :
Et le retour à Dieu, s'il est vraiment sincère,
Se prouve par des faits bien mieux que par des pleurs.

De Jéricho Jésus parcourait la contrée,
Et tous les habitants du lieu,
Pour le voir et l'entendre entouraient l'Homme-Dieu.
Le chef des publicains, secte alors abhorrée,
Zachée, était surtout l'un des plus empressés.
Mais sa taille trop exiguë
Et du peuple les flots pressés
Mettaient un obstacle à sa vue.
Pour l'éviter, il court sur le chemin
Où doit passer celui que tout le monde implore
Comme étant le Sauveur promis au genre humain.
Il monte sur un sycomore.
Qui pourrait l'y trouver, si ce n'est Jésus-Christ?

A travers le concours de cette foule immense,
Il voit dans ce pêcheur un cœur humble et contrit.
    Usant alors de sa clémence,
Sur notre publicain il jette un doux regard :
« J'ai vu, dit-il, monter l'encens de ta prière ;
    Descends, Zachée ; aujourd'hui, sans retard,
Il faut que ta maison me soit hospitalière. »
A l'amour de Jésus, Zachée eut ainsi part.

On entend quelquefois les gens de bien se plaindre
Que leurs actes divers sont mal interprétés,
Que leurs saints dévoûments sont même discutés,
Que les malins discours vont jusqu'à les atteindre.
Hélas ! la charité du divin Rédempteur
Ne fut guère autrement alors récompensée,
Car tous, en le voyant entrer chez ce pêcheur,
Hautement par le blâme exprimaient leur pensée.

Mais Zachée aussitôt parlant au doux Sauveur :
« Si quelqu'un a de moi souffert quelque injustice,
Qu'il vienne, et, de mes biens, je m'engage en surplus
A réparer les torts faits à son préjudice,
    En lui rendant quatre fois plus.
Avec les indigents partageant ma richesse,
Je vivrai désormais comme étant l'un d'entre eux. »

« Aujourd'hui, répliqua la divine Sagesse,
Le salut est entré sous ce toit somptueux ;
    De ce pêcheur Abraham est le père,

A l'appel de ma voix puisqu'il a répondu :
Le Fils de l'homme est venu sur la terre
Pour chercher et sauver ce qui s'était perdu. »

L. — LA GUERRE ET LA MORT.

La Guerre, un jour, dit à la Mort :
« Je ne veux pas ici te vanter ma puissance,
   Mais tu me dois de la reconnaissance ;
Le Styx, par mes soins, voit sur son humide bord
De victimes sans nombre accroître ton empire.
Tous les autres fléaux que le Ciel, en son ire,
Inventa pour punir les crimes des pervers,
Font-ils autant que moi du mal à l'univers ?
Tu devrais sur mon front poser ton diadème,
Et me proclamer reine au milieu de ta cour.
— Ma fille, dit la Mort, tu sais combien je t'aime ;
Je ne puis cependant, malgré tout mon amour,
Commettre en ta faveur une telle injustice ;
   Tu remplis fort bien ton office,
Mais un autre fléau, plus heureux, sans efforts,
Sans atteindre jamais son dernier paroxisme,
Centuple tous les jours le chiffre de ses morts ;
On nomme ce fléau, je crois, Sensualisme. »
La Guerre, en admettant cette décision,
   Abdiqua sa folle jactance ;
   En fait de destruction,
Elle céda le pas à dame Intempérance.

LI. — DIALOGUE.

D. Qui vous a mis au monde et donné l'existence?
R. C'est Dieu, qui m'a créé par sa toute-puissance.

D. Pourquoi Dieu vous a-t-il retiré du néant?
   Il avait bien, sans doute, un but en vous créant?
R. Le Seigneur m'a créé, d'abord, pour le connaître,
   Le servir, l'adorer comme souverain Maître;
   Je dois aussi l'aimer du plus parfait amour,
   Afin que, dans le ciel, je le possède un jour.

D. Mais ce Dieu quel est-il?
                              R. C'est la première cause.
   C'est un Être infini qui créa toute chose
   Par sa seule parole; il dit, et tout fut fait.

D. Peut-on donner un corps à cet Être parfait?
R. Non : c'est un pur esprit; il est indivisible.

D. Mais qu'il eût commencé, le fait est-il possible?
R. Il est, il fut, sera de toute éternité.

D. Où donc habite-t-il?
                        R. Dans son immensité.

D. Réside-t-il ici?
                    R. Dieu réside ici même;
   Partout nous rencontrons sa majesté suprême.

D. Si la divine essence embrasse tous les lieux,
  D'où vient ce voile obscur qui la cache à nos yeux ?

R. C'est que les yeux du corps, en ce lieu de misère,
  Ne pourraient soutenir l'éclat de sa lumière.

D. Si Dieu par sa présence emplit cet univers,
  Il connaît donc aussi tous nos actes divers ?

R. Oui, Dieu voit, connaît tout, et son jour est sans ombre :
  Il voit de notre cœur le repli le plus sombre ;
  Il connaît nos pensers, notre moindre désir,
  Et lit dans le passé, le présent, l'avenir.

D. Dieu prend-il soin de nous ?

　　　　　　　　　R. Oui, par sa providence,
  A tout ce qui respire il donne l'existence,
  Nous conserve la vie, et, malgré nos forfaits,
  Sur l'homme chaque jour il répand ses bienfaits.

D. Mais a-t-il la bonté, la force, la sagesse ?

R. Il est parfait en tout. La raison le confesse.

———

D. En Dieu suffirait-il d'admettre l'unité ?

R. Nous adorons en lui l'auguste Trinité :
  Père, fils, Saint-Esprit.

　　　　　　　　　D. Dites-nous si le Père
Est Dieu ?

　　　R. Le Père est Dieu.

D. Le Fils?

R. Dans ce mystère,
Le Fils est aussi Dieu.

D. Bien. Et le Saint-Esprit?
R. Le Saint-Esprit est Dieu.

D. De là, sans contredit,
Ces trois feront trois Dieux?

R. Non; ma raison soumise
Ne reconnaît qu'un Dieu, comme enseigne l'Église.

D. Expliquez-nous pourquoi?
R. Dans cette Trinité,
Les trois personnes ont même divinité.

D. L'une des trois est-elle ou plus sage ou plus sainte?
Dans sa perfection l'autre est-elle restreinte?
R. Ces trois personnes ont la même sainteté,
Et la même puissance et même ancienneté,
Et de perfection aucune ne diffère.

D. Peut-on dire le Fils moins ancien que le Père?
R. Non; le Père, le Fils, avec le Saint-Esprit,
Sont tous trois éternels.

D. Ce mystère décrit
Comment l'appelez-vous?
R. De la Trinité sainte.
Nous fûmes en naissant marqués de son empreinte.

———

d. Mais laquelle personne, en cette Trinité,
S'est revêtue un jour de notre humanité?
r. Ce fut le Fils de Dieu, la seconde personne.
De cet excès d'amour notre raison s'étonne.

d. Pourriez-vous m'expliquer un mystère si doux?
Cette incarnation, comment l'entendez-vous?
r. Quand il voulut se rendre à nous-mêmes semblable,
Il prit un corps mortel, une àme raisonnable.
Le Verbe se fit chair.

d. Veuillez nous dire, alors,
Où ce Dieu voulut prendre et cette àme et ce corps?
r. Il les prit dans le sein de la Vierge-Marie :
De la mère de Dieu la mémoire est bénie.

d. Comment donc l'Homme-Dieu dans ce très-chaste sein
A-t-il été formé?
r. Ce fut par l'Esprit-Saint.

d. Mais de Notre-Seigneur dites quel fut le père?
r. Si d'abord comme Dieu la foi le considère,
Durant l'éternité c'est le Père éternel
Qui l'engendre à jamais; mais, comme homme mortel,
De père il n'en a pas.

d. D'où vient que sur la terre
On crut que saint Joseph avait été son père?
r. Parce que saint Joseph nourrit Notre-Seigneur,

Les hommes le croyaient le père du Sauveur;
Car il était époux de la Vierge Marie.
De Dieu, qui peut sonder la sagesse infinie!

D. Le Fils de Dieu fait homme, en savez-vous le nom?
R. Son nom est Jésus-Christ.

                                    D. Mais pour quelle raison
L'appelez-vous Jésus? Ce nom, que veut-il dire?
R. Il veut dire Sauveur : car tout ce qui respire
Par lui sera sauvé.

                        D. Vous avez fort bien dit.
Que signifie, encor, cet autre nom de Christ?
R. Il veut dire oint, sacré : car Jésus-Christ est prêtre,
Il est prophète et roi.

                            D. Mais quand il voulut être
Homme semblable à nous, par son humanité
S'est-il donc dépouillé de sa divinité?
Jésus-Christ est-il Dieu, dites, que vous en semble?
R. Oui, Jésus-Christ est homme, il est Dieu tout ensemble.

D. De natures en lui combien distinguez-vous?
R. Nous en distinguons deux.

                            D. Comment les nommez-vous?
R. La nature divine et la nature humaine :
Mystère impénétrable à la raison hautaine.

D. Deux personnes faut-il admettre également?
R. Une seule personne est en lui seulement.

LII. — LA SAINTETÉ ET L'IGNORANCE.

La Sainteté rencontra l'Ignorance,
Qui, pour s'en faire accroire, affichait l'apparence
   Et le maintien de la dévotion,
Croyant être un appui de la religion.
Enfin, mettant le comble à son impertinence,
   Elle appela la Sainteté sa sœur.
Celle-ci répondit : « C'est une grave erreur,
Il ne peut exister entre nous d'alliance ;
   Pour faire un saint il faut de la science,
Et suivre de la foi la sublime clarté ;
   Car les vertus ne sont pas des chimères. »
L'Ignorance, à ces mots, quitta la Sainteté,
   Et fit, dit-on, beaucoup mieux ses affaires
     Auprès de l'Incrédulité.

LIII. — LA RICHESSE.

Qui ne possède rien, possède toute chose.
Sur les livres du Christ cette maxime éclose
Au trône des vertus porta la pauvreté,
Humble fille du ciel, sœur de la charité.
Le monde nous incite à chercher la richesse,
Mais Jésus-Christ nous dit : Dépouille-toi sans cesse.
Les biens extérieurs convoités ici-bas
Possèdent l'homme, et lui ne les possède pas ;

Si la mort pour un temps nous les laisse en partage,
Au jour fixe elle vient chercher son héritage.
Mais ces biens, quels qu'ils soient, fragiles et trompeurs,
Par des charmes puissants entraînent tous les cœurs ;
Les justes, parmi nous, souvent s'y laissent prendre,
Tant il est malaisé de s'en pouvoir défendre.

Quand nous posséderions tout ce vaste univers,
Nos maux en seraient-ils plus légers, moins amers ?
Non, le bonheur n'est pas un don de la fortune ;
Son éclat de loin brille, et de près importune.
Cette vie est un jour qui bientôt va finir ;
Amassons, amassons pour le siècle à venir ;
De ce monde oublions la figure qui passe,
Et de l'éternité fixons l'immense espace.
Où gît notre trésor, gît aussi notre cœur ;
Où vit l'amour de l'or, l'amour de Dieu se meurt.

Quand on aime ce monde et les biens qu'il renferme,
Le ciel, de nos désirs ne peut être le terme ;
Sur la terre on voudrait éterniser son sort ;
On ne craint pas l'enfer, on ne craint que la mort.

Sous l'empire des sens et de la convoitise,
Le cœur appesanti se matérialise ;
Et pourtant notre vie est si brève ici-bas !
De ce monde usons donc comme n'en usant pas.
La vertu que le chaume abrite et sanctifie
Est de tous les trésors le seul digne d'envie.

LIV. — L'AMOUR.

Oui, de l'amour divin le pouvoir est suprême !
Un jour, si le damné disait ce mot : « Je t'aime ! »
Encor que tes décrets, Seigneur, soient absolus,
De tous les réprouvés tu ferais des élus !

C'est pour se faire aimer que Dieu créa le monde :
Son droit à notre amour sur ses bontés se fonde.
C'est lui qui nous donna ce que nous possédons,
Et tout révèle en nous la grandeur de ses dons.
Seigneur, tu nous aimas, tu nous aimes sans cesse ;
Mais, quand de ton amour prodiguant la richesse,
Tu répands tes bienfaits sur l'homme chaque jour,
Vois-tu l'homme souvent répondre à ton amour ?
Dans ce siècle frivole, il te connaît à peine,
A moins que le malheur vers toi ne le ramène.

Qui conserve ce monde et soutient l'univers ?
Qui règle dans leur cours les éléments divers ?
Qui sème ces clartés dont le flux nous inonde ?
Qui fait germer la terre et la rend si féconde ?
Qui nous donne la force et guérit nos langueurs ?
Dans nos peines, nos maux, qui vient sécher nos pleurs ?
Qui, par amour pour nous, mourut sur le Calvaire ?
Qui place près de nous un ange tutélaire ?
Qui nous rend purs et saints quand sur nos fronts naissants
L'Église a versé l'eau qui nous fait ses enfants ?

Et qui donc nous laissa, pour dernier héritage,
Sa chair en nourriture et son sang en breuvage?
Pour nous donner la vie, en s'unissant à nous,
A ce banquet divin, qui nous appelle tous?
Et qui donc nous prépare un trône dans la gloire
Pour nous communiquer les fruits de sa victoire?
C'est Dieu, me dites-vous : — son amour infini
Se donne à l'homme; et l'homme à Dieu doit être uni.
Hors de cette union, la mort est éternelle.
Le pécheur est donc mort; sa vie est criminelle;
Son dernier glas funèbre est encor retardé :
La maison est debout, le maître est décédé!

LV. — LE CHERCHEUR D'OR ET LE MISSIONNAIRE.

La foi dans tous les temps a produit des héros.
Sous un feuillage épais, près d'une eau transparente,
Un saint missionnaire avait dressé sa tente;
A des peuples nombreux il prêchait le salut.
     Famille, amis, parents, patrie,
Il avait tout quitté pour atteindre ce but.
C'est là que lentement il consumait sa vie.
Un chercheur d'or lui dit : « A quoi sert ce labeur?
— A procurer à l'âme une vie éternelle;
Et tous les monceaux d'or que sont-ils auprès d'elle?
Vous me comprendriez mieux, si la moindre étincelle
De l'amour de Jésus échauffait votre cœur. »

LVI. — LA RAISON ET LA MORT.

Séduite par les sens qui la traînaient captive,
De la foi dédaignant le céleste flambeau,
La Raison eût voulu soulever le rideau
    Qui lui cachait cet océan sans rive,
        L'impénétrable éternité.
Elle évoque la Mort, et le fantôme arrive ;
Il portait dans sa main le sceptre redouté,
Sur tout le genre humain indiquant sa puissance.
La Raison eut beau faire, eut beau l'interroger,
Elle obtint pour réponse un lugubre silence.
De la religion réclamant l'assistance,
Elle aurait pu du doute éviter le danger ;
Dans les plaisirs du corps préférant se plonger,
Elle aima mieux dormir dans son indifférence.

LVII. — LE BONHEUR.

Tu voudrais, ô mortel, vivre heureux sur la terre,
La vertu t'apparaît sous un visage austère ;
Le monde te promet des rires et des fleurs,
L'Évangile à ta foi ne parle que de pleurs.
Mais, si de Jésus-Christ la morale est sévère,
La promesse du monde est toujours mensongère ;
Le bonheur du méchant n'est pas même d'un jour :
L'amour est le bonheur, et Dieu seul est l'amour.

Dans le ciel est l'amour, dans l'enfer est la haine ;
Sur terre, la douleur domine en souveraine ;
La douleur au Calvaire épousa l'Homme-Dieu,
Et de l'amour divin elle alluma le feu.
Si tant vaut la douleur, pourquoi dans cette vie
Ne jamais de la Croix embrasser la folie ?
O Croix ! que sur ton lit, où meurt le Dieu d'amour,
Je sois toujours cloué, que je meure à mon tour !
Pour une âme qui t'aime et vers le ciel aspire,
Une heure sans souffrance est un cruel martyre.

Oui, la douleur est sainte, elle agrandit le cœur,
Et, l'unissant à Dieu, l'initie au bonheur.
Je n'exagère rien : voyez le solitaire,
Sous son rocher stérile, où l'eau le désaltère ;
Arsène, du désert préférer le séjour
A l'encens des flatteurs, aux pompes de la cour ;
Sur le front des martyrs, rayonner l'espérance ;
Thérèse s'écrier : La mort ou la souffrance !
Pazzi : Jamais la mort, mais toujours la douleur !
Paul, de tous les tourments défier la rigueur ;
Hilarion, chanter à l'amour qui l'enflamme,
En voyant s'écrouler la prison de son âme ;
Les amis de la Croix, triompher de leurs sens,
De joie et de douleur les traits resplendissants.

Parmi les vains plaisirs que tout le monde envie,
Où trouver le bonheur au désert de la vie ?
Le plaisir nous enivre, et soudain notre cœur.

Fatigué de jouir, aspire à la douleur.
La fortune perfide au bonheur nous convie ;
A la poursuivre, hélas ! nous passons notre vie.
Elle souille nos cœurs et profane nos sens,
Et l'homme à son autel vient brûler son encens !
Ainsi, séduits toujours par ses promesses vaines,
D'un esclavage vil nous adorons les chaînes.
Que donnent les honneurs ? Au cœur, un fol orgueil ;
Au vrai mérite, une ombre ; aux vertus, un écueil !

LVIII. — L'ESPRIT DE L'HOMME ET L'AUTRE MONDE.

Dans une obscurité profonde,
    Un jour, par la peur agité,
L'Esprit de l'homme, évoquant l'autre Monde,
    Lui dit : « Réponds, dis-moi la vérité :
        Faut-il croire à ton existence ?
— Mais oui. — Pourtant, sur ton humide bord
Je ne vois revenir, pour le dire, aucun mort.
— Que t'importe des morts le solennel silence,
        Si, pour affermir ta croyance,
La raison et la foi sur ce point sont d'accord ?
— J'en conviens ; mais sais-tu que le trouble m'agite,
        Aussitôt que je pense à toi ?
— Tu dis vrai ; dans ton cœur si le remords habite,
        Je comprends quel est ton effroi.
Un juge incorruptible, en mon immense empire,
A chacun rend justice ; aux éclairs de son ire

Nul ne peut résister. — Je le sens ; c'est pourquoi,
Dans ce monde présent absorbant ma pensée,
Autant que je le puis, je fuis ton souvenir.
— C'est un tort, et je plains ta conduite insensée.
Tu marches, malgré toi, vers le siècle à venir ;
Ta vie, à flots pressés, comme un torrent s'écoule ;
Tout s'enfuit comme un songe, et ce monde s'écroule ! »

LIX. — LA RICHESSE ET LE TRAVAIL.

La Richesse, étalant du luxe l'attirail,
Sur un ton de mépris, dit, un jour, au Travail :
  « Tu n'es qu'un pauvre prolétaire ;
Où te mènent tes soins ? au sort de Bélisaire.
J'arrive à tout ; mais toi, tu n'arrives à rien. »
Le Travail répondit : « Je soutiens qu'au contraire
  Je suis le véritable bien.
  Sans mon secours, que peux-tu faire ?
Qui cultive tes champs, qui construit tes palais ?
En tissus, en rubis, qui fournit ta parure ?
  A tes salons qui donne des attraits ?
Qui donne à tes jardins leur riante verdure ?
Pour charmer ton esprit, qui cultive les arts ?
Qui chasse ce fléau qu'on nomme l'ignorance ?
Qui sauve du danger la fragile innocence ?
Malheur à tout mortel qui fuit mes étendards !
Le repos qu'il espère est tout dans l'apparence ;
Dans sa vie inutile, à l'ennui condamné,
Il vaudrait mieux pour lui qu'il ne fût jamais né ! »

PATER.

Notre père des Cieux, que ton nom respecté
Soit béni ! Que ton règne en nos cœurs s'établisse !
Que ta volonté sainte en tous lieux s'accomplisse !
Daigne exaucer nos vœux, ô Dieu plein de bonté !

A l'âme et puis au corps, donne par charité
Le pain qui doit nourrir l'une et l'autre substance ;
Comme nous pardonnons, pardonne notre offense ;
Daigne exaucer nos vœux, ô Dieu plein de bonté !

Par ta grâce, soutiens notre fragilité ;
Sur la tentation donne-nous la victoire,
Afin que nous puissions être admis dans ta gloire !
Daigne exaucer nos vœux, ô Dieu plein de bonté !

AVE MARIA.

Marie, à toi salut ! Dans ton sein plein d'amour,
Par la grâce de Dieu dans ton âme enrichie,
Le Seigneur tout puissant a fixé son séjour !
Daigne prier pour nous, sainte Vierge Marie !

Le fruit que tu portas dans tes flancs est béni !
Sur toute autre, ô toi ! femme, ô toi ! mère bénie,

Dont l'éclat des vertus ne fut jamais terni,
Daigne prier pour nous, sainte Vierge Marie !

De nous pauvres pécheurs prends en pitié le sort ;
Mère de Dieu, de maux cette vie est remplie ;
Maintenant, mais surtout à l'heure de la mort,
Daigne prier pour nous, sainte Vierge Marie.

A SA MAJESTÉ

L'IMPÉRATRICE DES FRANÇAIS

Princesse, ton regard embrasse
Le vaste horizon des douleurs ;
Partout où ta main blanche passe,
Du pauvre elle sèche les pleurs.
D'un prêtre écoute la prière ;
Du reste, il demande fort peu
Pour embellir le sanctuaire
  Où repose l'Homme-Dieu.

Malgré l'éclat du diadème,
Ton symbole est la charité ;
Et ton cœur, fidèle à lui-même,
Est un écho de la bonté.
D'un prêtre écoute la prière ;
Du reste, il demande fort peu
Pour embellir le sanctuaire
  Où repose l'Homme-Dieu.

D'un saint enthousiasme éprise,
Ton âme, fidèle au Seigneur,
A la foi romaine soumise,
De Sion aime la splendeur.
D'un prêtre écoute la prière;
Du reste, il demande fort peu
Pour embellir le sanctuaire
　Où repose l'Homme-Dieu.

Du Prince Impérial l'étoile
Sur ton front jette un vif éclat.
Au port, que Dieu pousse la voile
Du beau navire de l'État!
D'un prêtre écoute la prière;
Du reste, il demande fort peu
Pour embellir le sanctuaire
　Où repose l'Homme-Dieu.

TABLE

FIN DE LA TABLE.

www.ingramcontent.com/pod-product-compliance
Lightning Source LLC
Chambersburg PA
CBHW070811260626
47161CB00006B/2243